Anna B.

Von Orgasmus zu Orgasmus... ich bin immer geil!

10 erotische Geschichten nur für Erwachsene

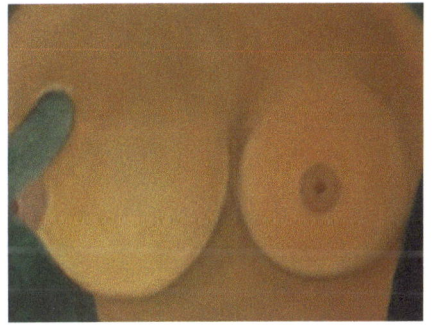

BoD - Books on Demand

Norderstedt 2019

Bibliografische Information durch die Deutsche Nationalbibliothek

Die Deutsche Nationalbibliothek verzeichnet diese Publikation in der Deutschen Nationalbibliografie; detaillierte bibliografische Daten sind im Internet über http://dnb.dnb.de abrufbar.

© 2019 Anna B. by SÜLTZ BÜCHER

Herstellung und Verlag:

BoD – Books on Demand, Norderstedt

ISBN 9-78373-9-20034-7

Inhalt

05 Vorwort

06 Ilona

12 Alex

19 Janina

26 Lisa

32 Anja

37 Paul & Gloria

40 Carola

45 Marie

48 Sven

52 Ficken...

54 Susanne & Fred

56 Schlusswort

4

Hi, mein Name ist Anna…
Anna B.

Ich besitze mehrere Erotik-Shops, unter anderem in Frankfurt, Paris und New York.

Mein Team und ich produzieren auch Erotikfilme. Um wieder neue Ideen zu bekommen, startete ich einen Aufruf, dass mir meine Kundschaft heiße und geile Erfahrungen mitteilen sollte.

Hier nun 10 Geschichten von Orgasmus zu Orgasmus:

Truckerin Ilona mit der Erfahrung: Fahrgestell-Kontrolle

Hallo Anna, mein Name ist Ilona. Ich bin 36 Jahre jung und fahre einen recht großen Truck. Mir ist etwas Unglaubliches passiert, etwas richtig geiles, bei einer Verkehrskontrolle. Ich fuhr mit meinem Baby, also mit meinem Truck, auf der A1 in Richtung Bremen. Diese Autobahn hat Abschnitte, wo der Asphalt nicht ganz ok ist. Immer wieder wippen meine Brüste rauf und runter. Da ich schon ordentlich etwas in der Bluse habe, werden bei der Bewegung ständig meine Nippel gereizt. Ich trug ein leichtes Sommerkleid, einen BH und einen Slip trug ich nicht, wozu auch, ich konnte ja in andere PKWs schauen, mich sah man nicht. Meine Nippel waren in der Nähe von Oldenburg hart wie Stahl. Barfuß lenkte ich den Truck. Plötzlich überholte mich die Polizei und forderte mich auf zu folgen. Ich war mir keiner Schuld bewusst, die Papiere liegen immer neben mir, sodass ich nicht aussteigen muss. Nach dem Halt fragte der nette Polizist auch nach den Papieren. Ich solle mir aber auch das Nummernschild ansehen, es würde bald abfallen. Nun gut, ich stieg aus. Zumindest versuchte ich es. Mein Kleid klemmte sich wohl bei der Sitzverstellung ein. Als ich auf der ersten Stufe stand hob sich das Kleid bis zum Po-Ansatz, was ich noch nicht richtig bemerkte. Eine Stufe später zog sich das Kleid bis über den Hintern hoch. Da stand ich nun, rückwärts zum Polizisten, der Arsch war frei, und das in Augenhöhe. Einen Schritt weiter runter und das Kleid würde zerreißen. Also wollte ich wieder rauf. Plötzlich packten mich die gepflegten Hände des Polizisten. Er nahm meinen Arsch in seine Hände. Mit einem Bein stand ich ja wieder im Fahrerhaus, meine Muschi öffnete sich. Ich bemerkte, dass seine Finger meine Schamlippen massierten. Ich war regelrecht starr und beugte mich über den Fahrersitz. An der Handbremse hielt ich mich fest, sonst wäre ich ihm entgegengerutscht. Er massierte meine Arschbacken und öffnete sie. Gierig begann er mich zu lecken. Er lutschte meinen Kitzler und biss mir wild in die Schamlippen. Ich gestehe, es war himmlisch. Die Handbremse worde zum Penisersatz. Ich rubbelte sie und schob den Griff rauf und runter. Alle Tabus fielen, als er seine Finger in meinen Anus steckte. Wir hielten es vor Geilheit kaum aus. Er quetschte meine Pflaume mit den Fingern regelrecht aus. Es tropfte. Dann riss er wieder meinen Hintern auseinander und leckte mich. Seine Zunge steckte er tief in meine Scheide. Ich stöhnte und ging direkt auf den Orgasmus zu. Ich schrie, dass er weiter machen solle und tiefer, tiefer, tiefer! ... Ich bekam einen Mega-Orgasmus!

Langsam ließ der Polizist von mir ab. Ich kletterte in die Fahrerkabine, während er das Nummernschild befestigte. Eine gute weiterfahrt wünschte er mir. An seiner Hose im Schritt sah ich einen Flecken. Gern hätte ich seinen Samen in mir, zumindest seinen Penis gelutscht.

Immer wenn ich meine Handbremse in die Hand nehme, denke ich an dieses Sexabenteuer.

Eure Ilona

Alex, Fußballfan, mit der Geschichte: Im Stadion

Ich bin die Alex, 28 Jahre, 1 Meter 67 groß, habe braune Augen und Körbchengröße B. Das ist nicht so viel, aber mein Hintern kann sich sehen lassen. Daher trage ich gern Mini, auch kombiniert mit Strapse. High Heels sind selbstverständlich! Ich möchte mich gern zeigen... aber ich habe auch extrem gern Sex.

Außerdem bin ich wahnsinnig Fußballbegeistert! Mir gefallen die knackigen Körper der Mannschaften. Durchtrainiert bis zum geht nicht mehr... einfach nur geil.

Neulich stand ich wieder auf der Tribüne, alle Sitzplätze waren bereits verkauft, als mir folgendes passiert ist:

Ich stand direkt am Zaun, unter mir waren die Sitzplätze. Es war ein Pokalspiel und ausverkauft. Mein Freund hatte heute zu arbeiten, ich war allein. Bei 28 Grad trug ich ein knielanges dünnes Leinenkleid mit Reisverschluss. Das Spiel begann. Nach etwa 30 Minuten stand es bereits vier zu null für unsere Mannschaft. Die Fans hinter mir und neben mir jubelten, ich natürlich auch. Als ich plötzlich eine Hand an meinem Po bemerkte, dachte ich noch an die Freude der jubelnden Meute. Plötzlich schob jemand langsam mein Kleid nach oben... höher... immer höher...

Der Jenige, oder gar die Jenigen, begannen nun meinen Hintern zu massieren. Ich schaute auf die Fußballer, bei einer Grätsche wünschte ich mir schon etwas vom Geschlechtsteil zu sehen. Ich wurde geil. Mein Kleid war bis über die Hüfte hochgeschoben. Ich bemerkte Finger in meinem Schritt. Ich bemerkte Finger an den Beinen. Ich wurde immer geiler, als ich Finger in meinem After bemerkte. So etwas ist mir ja noch nie im Leben passiert. Es war ein so kribbelndes Gefühl, dass ich es geschehen lies. Ich blickte vor Aufregung auf den Boden, da lag mein Höschen... aufgeschnitten oder aufgerissen. Ich wollte schreien, gleichzeitig wollte ich genießen. Eine Hand hob mein Bein auf den Begrenzungsstein. Ich wehrte mich nicht. Finger suchten meinen Kitzler. Ich presste meine Hände fest am Zaun fest als mein Kitzler gefunden wurde. Ich bemerkte gar nicht die Männer um mich herum. Sie pressten sich an mich. Meine

Muschi war nass. Meine Schamlippen wurden massiert. Mein Arsch wurde massiert. Finger waren in meinem After. Finger waren in meiner Scheide. Sie waren in mir. Meine Hände am Zaun wurden überdeckt und festgehalten von starken Männerhänden. Plötzlich wurde mein Reißverschluss hinten am Kleid geöffnet. Jemand öffnete meinen BH. Es war brutal und doch so schön. Jemand griff mir von hinten an die Titten und massierte sie wild. Meine Nippel standen wie eine eins. Jetzt zog er an meinen Brüsten und Nippeln, so dass ich mich bücken musste, sonst hätte es weh getan. Meine Hände wurden immer noch am Zaun festgehalten. Jetzt bemerkte ich einen Penis in meinem Arsch. Rein und raus… rein und raus… gleichzeitig die Nippelmassage. Ich schrie… ich schrie vor Geilheit. Ich schrie als ich den Orgasmus bekam, so gewaltig war er noch nie. Ich wollte mehr und war traurig, dass es vorbei war.

Doch das war es nicht. Ich wurde nach unten gedrückt, sodass ich kniete. Meine Hände am Zaun wurden von den starken Männerhänden gelöst und an zwei Penisse geführt. Ich schloss die

Augen. Jemand griff in meine Haare und bewegte meinen Kopf zu seinem Penis. Bereitwillig öffnete ich den Mund und leckte das Glied und führte es in meinen Mund. Rein und raus... rein und raus...

Ein weiterer Orgasmus kam und noch ein weiterer...

Das Spiel endete 7 zu 2. Ich leckte das Sperma von meinen Lippen und richtete meine Kleidung. Die Meute löste sich auf. Es war das heißeste Spiel in meinem Leben.

Janina, Sekretärin... Mein großer Tag

Hallo Anna, mir ist folgendes passiert. Peinlich, peinlich! Ich habe schon ordentlich etwas in der Bluse, mit einem kleinen, aber knackigen Hintern. Also mehr die amerikanische Figur. Ich bin Chefsekretärin und muss eine Brille tragen. Mir ist bewusst, dass eine Brille sexy macht, aber ich muss sie eben tragen. In der letzten Woche passierte da etwas, was ich so schnell nicht vergessen werde. Ich trug einen weiten dünnen Rock. Er war Knielang, nichts Weltbewegendes. Oben rum ein Wickelshirt. Seit drei Tagen ist die Klimaanlage ausgefallen. Ich trug weder Slip noch BH. Meine Oberweite ist enorm, aber an meinen Nippeln muss man etwas zupfen, damit sie sichtbar werden, also ging es auch ohne BH.

Meine Brüste stehen eben steil und fest. Kurz vor der Mittagspause musste ich auf die Toilette. Das war ja kein Problem, nur mussten die Kopien noch zum Chef. Ich beeilte mich. Rock hoch, auf die Brille setzen und Pipi machen. Jetzt die Muschi mit dem Feuchttuch reinigen und die Kleidung richten. Danach lief ich durch den ganzen Laden und bemerkte nicht, dass ich den Rock hinten mit dem Wickelshirt in den Rock gesteckt habe. Somit lief ich mit blankem Arsch quer durch die Abteilungen. Ich dummes Ding bemerkte auch nicht, dass Kollegen mir ungewöhnliche Aufgaben stellten. Ich stieg auf die Leiter und suchte den Ordner A. Alle sahen meinen blanken Hintern. Danach bückte ich mich zum Order Z... alles schauten mir tief in den After. Eigenartiger Weise war Jörg sehr nett und brachte die Kopie zum Chef. Jörg kam wieder und sagte, dass ich aus dem Keller neuen Toner für den Kopierer besorgen sollte. Ich tat, was verlangt wurde. Allerdings bemerkte ich nicht, dass vier Kollegen mir folgten. Heute weiß ich, dass ich sie durch meinen blanken Arsch geil gemacht haben muss.

Im Keller hörte ich auf einmal die Tür ein zweites Mal ins Schloss fallen. Die vier Kollegen umzingelten mich und kamen mir sehr nahe. Plötzlich griff einer an meinen Arsch. Ich schrie. Blitzschnell drang sein Finger in meinen After. Ich schluckte nur. Wie elektrisiert war ich. Die anderen legten mich im wahrsten Sinne des Wortes flach. Sie packten mich und schon lag ich auf einer Palette. Einer hielt meine

Arme fest. Ich wehrte mich... strampelte... schrie! Schwupp war mein Rock ausgezogen. Durch das Strampeln und Bewegen rutschte ein Busen aus dem Wickelshirt. Sie positionierten mich so auf der Palette, dass mein Kopf herunterhing und meine Beine gespreizt wurden. Ich schloss die Augen und wehrte mich immer noch... aber weniger, denn ich wollte Sex... genau jetzt und genau mit meinen Kollegen. Einer massierte meine Schamlippen und meine Klitoris. Einer massierte meine rausgerutschte Titte. Er saugte an meinem Nippel und leckte mir den Vorhof. Einer schob mir das Shirt hoch und spielte am anderen Nippel. Er zupfte und drehte... er zog den Nippel auf Rekordlänge... es tat gar nicht weh... ich begann zu stöhnen. Ich öffnete die Augen und sah in die geöffnete Hose von demjenigen, der meine Arme festhielt. Sein Glied wurde megasteif. Es berührte mich an der Stirn... dann an der Nase... dann zum Mund. Bereitwillig öffnete ich meinen Mund und lutschte seinen steifen Schwanz. Unten merkte ich ein Glied in mir. An allen Stellen wurde ich bearbeitet. Ich bekam eine große Lust in mir. Abwechselnd wurde meine Muschi bearbeitet, dann ging es wieder in den After. Rein und raus! Ich bekam einen gewaltigen Orgasmus. Aber sie waren immer noch nicht fertig mit mir. Sperma lief an meiner Wange herunter. Sperma spritzte auf meinen Bauch. Sie wechselten die Plätze. Die, die abgespritzt hatten, machten sich an meine Brüste, die anderen gingen an meine Pflaume und steckten wieder abwechselnd ihre Penisse in meinen

Mund, in den After… immer tiefer und tiefer. An den Nippeln steckten sie mir Büroklammern. Um beide Titten legten sie Kabelbinder und zurrten sie fest. Weiterhin lutschte ich noch einen Schwanz. Er war jetzt so geil, dass der Samen spritzte. Ich wollte spucken, doch er hielt meine Nase zu und presste sein Glied in meinen Mund… ich schluckte seinen Sperma runter. Der an meiner Muschi war nun auch soweit. Er spritzte seinen Samen in meinen After. Dann ließen sie von mir ab und verschwanden. Ich war wie gelähmt. Aber ich genoss es. Ich richtete meine Kleidung und saß auf der Palette. Was wollte ich noch? Ach ja, Toner für den Chef. Ich bemerkte das Klacken der Tür nicht. Plötzlich stand mein Chef hinter mir, immer noch war ich benommen. Er packte mich an den Schultern und drückte mich auf die

Palette. Ich war zu schwach, um mich zu wehren. Er hastete um die Palette und öffnete seine Hose. Gierig riss er mir den Rock aus und warf ihn über mein Gesicht. Ich ließ es geschehen. Er öffnete meine Schamlippen weit auf und sein steifer Penis drang ein. Immer wieder und wieder. Ich wurde fast ohnmächtig. Dass er irgendwann von mir abließ, bemerkte ich nicht.

Niemand sprach später darüber, ich auch nicht, denn ich genoss es.

Lisa, 52 Jahre, Hausfrau, reizt gern

Tja, was soll ich sagen, mal raus mit der Sprache, ich bin einfach immer geil! Mein Mann ist seit 3 Jahren von mir getrennt. Er war aber auch einfach nur zu langweilig. Der Grund war ein Ausrutscher von mir. Nun, zumindest entdeckte er diesen. Mein Mann, 65 Jahre, saß nur noch vor dem Fernseher. Er bemerkte mich gar nicht mehr. Aber ich wollte mehr. Ich zog mich immer aufreizend an. Darüber dann ein hochgeschlossener Oma-Kittel. „Ich gehe die Wäsche aufhängen!", rief ich ihm zu. Den Kittel zog ich schnell im Flur aus. Mit dem Wäschekorb ging es in den Keller. Vom Keller aus brachte ich zunächst den Abfall zur Mülltonne. Der Ablauf war immer der Gleiche und von mir bewusst gemacht. Ich bemerkte vorher schon immer das Wackeln an den Gardinen. Die Männer im Haus waren zwischen 22 und 48 Jahren. Zwei waren verheiratet, aber die Frauen waren berufstätig. Ich wusste genau, was ich tat. Zunächst bückte ich mich, um den Müll zu trennen. Mein Röckchen schob sich hoch und meine Pobacken mit String war deutlich sichtbar. Für mein Alter hatte ich noch einen festen Arsch und keine Orangenhaut. Nun ja, minimal. Aber sie wollten ja meine Pflaume sehen. Die ist übrigens immer rasiert. Pikobello alles... bereit zum zustoßen. Langsam drehte ich mich um, natürlich sah ich das Wackeln der Gardinen. Ich öffnete den Müllcontainer und blieb mal wieder am Rock hängen, der sich noch weiter hochschob. Ich tat so, als bemerkte ich das nicht. Im Gegenteil, ich hielt den hochgeschobenen Rock mit dem

Ellenbogen fest und drehte mich zu den Fenstern. Meine rasierte Muschi war jetzt deutlich zu sehen. Es sollte ja auch eine Einladung an alle Schwänze hinter den Gardinen sein. Ich bückte mich, der Rock fiel wieder in die Ausgangsstellung und eine Titte rutschte aus der Bluse. Die Bluse knöpfte ich nur mit zwei Knöpfen zu. Ich nahm meine Brust, berührte meinen gereizten Nippel und steckte ihn wieder in die Bluse. Dann ging ich wieder ins Haus. Meine große Oberweite wippte bei jedem Schritt. Bisher konnte ich zwei Herren dazu bewegen, mich im Keller zu vernaschen. Aber dieses Mal wurde es heiß... sehr heiß.

Ich ging also in den Keller und hing die Wäsche auf. Plötzlich packte mich ein Mann an den Armen und verdrehte diese. Ich kippte nach hinten. Hinter dem großen aufgehängten Bettlaken kam ein weiterer Mann. Ich kannte diese nicht. Er riss mir die Bluse vom Leib. Ich wollte um Hilfe rufen. Er packte mich an meinen Haaren und steckte mir seine Zunge tief in meinen Mund. Dabei zog er an meinem linken Nippel. Zwei Nachbarn eilten herbei. Statt mir zu helfen packten sie mich an den Beinen und schleppten mich in einen Keller. Plötzlich sah ich nur noch Männer. Sie legten mich auf eine Matratze. Sofort steckte einer seinen Schwanz tief in meinen Mund. Ein anderer zog mir den Rock aus. Wieder einer zog mir High Heels an. Man spreizte meine Beine und jeder führte sein steifes Glied ein. Das ging wohl so reihum. Ich gab auf. Mann drohte mir den Mund zu verkleben. Ich wollte dann doch lieber Schwänze lutschen. Meine Hände wurden zu ihren Schwänzen geführt. Freiwillig befriedigte ich sie. Sperma lief über meine Hände. Ich wusste gar nicht, dass meine Nippel so lang gezogen werden konnten. Jetzt war mein After an der Reihe. Ich begann richtig zu genießen.

Jetzt drehte man mich auf den Bauch. Alle steckten ihre Schwänze reihum in meinen Arsch und bespritzten meinen Arsch und Rücken mit Sperma. Ach, war das schön. Aber sie waren immer noch nicht fertig. Ich musste mich hinknien und alle Schwänze nochmals in den Mund nehmen. Jetzt waren sie wohl fertig. Sie warfen mich auf die Matratze, bildeten einen Kreis und spritzen Sperma auf mich. Dann verschwanden sie mit den Worten:

„Hast du jetzt genug? Wir kommen wieder!"

Ich bemerkte nicht, wie sie alles filmten. Den Film sah mein Mann, da war ich ihn los. Aber meine Befriedigungen bekomme ich von nun zwei Mal in der Woche. Ich könnte öfter, aber meine Muschi, die Nippel und das Arschloch müssen sich erholen.

Anja W., Reinigungskraft

Hi, ich bin Anja. Ich liebe es, wenn meine Muschi gekrault wird. Egal von wem, nur muss es eine gepflegte Männerhand sein.

Von einem geilen Erlebnis möchte ich berichten. Ich arbeitete als Haushälterin bei einem netten Herrn, 42 Jahre, Inhaber eines Juweliergeschäftes... aber er ist sehr schüchtern. Eines Morgens begann ich mit meiner Arbeit wie üblich mit dem Schlafzimmer. Neben dem Schlafzimmer ist das Bad gelegen. Ich machte gerade das Bett, als plötzlich die Tür des Badezimmers aufging. Wir erschraken beide, denn ich rechnete nicht mit meinem Chef, es war doch schon nach neun Uhr. Er stand auf jeden Fall völlig nackt vor mir. Und was ich da sah, hat mich total wuschig gemacht.

Sein Geschlechtsteil war so perfekt gewachsen, so etwas habe ich noch nie gesehen… und ich sah schon so einige. Auf jeden Fall wollte ich ihn, also den Chef mit seinem geilen Schwanz. Ich dachte mir, dass ich ihn reizen werde, bis er mir verfällt.

Zunächst bat ich um eine veränderte Arbeitszeit, er willigte ein. Es waren über Tage über 30 Grad, im Haus immer noch 28 Grad, trotz Klimaanlage. Ich begann meine Arbeit nur im Kittel, also eher ein Kittelchen. Noch trug ich BH und Höschen. Wenn ich mich bückte, konnte er tief blicken. Und das tat er, aber ganz zaghaft. Meine Busen brachte ich mit einer Hebe am nächsten Tag in die richtige Position. Meine Nippel brauchen nur die Berührung mit dem Kittel und sie sind hart.

So zeigte ich mich eine Woche lang, aber er blieb einfach schüchtern, beobachtete mich heimlich. Dann rutschte er in seinem Geschäft aus, brach sich ein Arm und ein Bein. Das war meine Chance. Er lag im Wohnzimmer auf der Couch, konnte sich kaum bewegen und hörte leise Musik. Ich wedelte mit dem Staubwedel. Langsam stieg ich auf die Leiter und nahm mir den Leuchter vor. Von hinten sah er auf meinen Hintern. Heute trug ich keinen Slip. Ich reckte mich und mein Arsch war sichtbar. Als ich von der Leiter stieg, hielt ich mit meiner Hand den Kittelrand fest, bis zum Rücken hob sich der Kittel an. Nur noch zwei Knöpfe waren geschlossen, ich tat so, als merkte ich nichts. Bei jedem Schritt sah er meine Muschi. Als ich mich vor ihm bückte, rutschte meine Brust aus dem

Kittel... der Nippel war hart und groß. Er trug einen Morgenmantel. Ich sah, wie sein Glied größer wurde. Also klappte es doch, ich konnte ihn knacken. Ich reckte mich zum Couchkissen, meine nackte Brust berührte sein Gesicht. Jetzt wagte ich es. Ich nahm seine Hand und legte sie auf meine Muschi. Sein Glied wuchs und wuchs. Jetzt oder nie... ich öffnete seinen Morgenmantel und nahm seinen Schwanz in meinen Mund. Er stöhnte. Ich lutschte ihn, spielte mit meiner Zunge mit seinem steifen Glied. Jetzt stieg ich auf meinen Chef. Er hatte nun meine Muschi vor sich. Ich führte sie immer näher an seinen Mund. Meine Scheide war feucht und öffnete sich. Ich wusste ja, dass er heimlich Pornofilme sah. Und endlich lutschte er meine Schamlippen. Da hat er doch etwas gelernt beim

Pornoschauen. Mit seiner Zunge ging er tief in meine Scheide. Er wurde immer wilder... leckte meinen Arsch, meinen After und dann wieder die Pflaume. Ich nahm seine Hoden in den Mund und massierte sie mit der Zunge. Mit seiner Hand nahm er meine Brust und massierte den Nippel. Er zog daran, drehte ihn... immer wieder. Ich dachte mir, was wird, wenn er erst beide Hände wieder einsetzen kann. Langsam drehte ich mich um und setzte mich auf seinen geilen Schwanz. Rein und raus... rein und raus... er befriedigte mich total. Beide hatten wir zusammen unseren Höhepunkt. Ich spürte sein warmes Sperma in mir. Noch einmal beugte ich mich über ihn und er lutschte an meinen Nippeln. Es war himmlisch, auch heute noch, immer wieder und wieder.

Paul und Gloria, das verliebte geile Paar

Liebe Anna, unsere Geschichte ist schwer zu verfilmen, aber ich erzähle sie trotzdem einmal:

Nach 16 Jahren Ehe sind mein Mann und ich immer noch geil aufeinander. Das liegt auch an unserer Freizügigkeit miteinander. Bei der Fahrt mit dem Auto, im Stau, greife ich ihm oft in die Hose. Ich öffne den Reißverschluss und hole sein Glied heraus. Zunächst massiere ich die Hoden. Dann geht es mit dem Glied weiter. Ist der Schwanz so richtig steif, beuge ich mich rüber und nehme den prall gefüllten Schwanz in den Mund und spiele mit der Zunge an seiner Eichel. Mit der Hand massiere ich dabei seine Hoden. Besonderen Spaß macht es, wenn andere langsam vorbeifahren. Mein Mann revanchiert sich regelmäßig in der Wohnung oder auf dem Balkon. Neulich sprach ich von Balkon zu Balkon mit der Nachbarin. Mein Mann hob meinen Rock hoch und zog mir den Slip aus. Danach machte ich meine Beine breit und er massierte meine Schamlippen. Tief dringt er danach in meine Scheide ein. Mit der anderen Hand massiert er meine Arschbacken. In der Wohnung trage ich oft einen durchsichtigen Kittel. Bei jedem Schritt reiben meine Nippel am Stoff. Ständig sind sie gereizt. Dann sind sie hart und spitz. Mein Mann wird dann auch immer spitz. Er greift meine Titten dann von hinten und massiert sie. Ein Höschen trage ich selten. Ich lege mich dann mit dem Bauch auf den Tisch und ruck zuck nimmt er mich von hinten.

An allen unmöglichen Orten ficken wir, was das Zeug hält. Ja, und so hält auch unsere Liebe und das Begehren des Partners.

Dr. Carola W., Ärztin

Hallo Anna! Für Dein Projekt habe ich folgende geile Geschichte.

Zunächst will ich betonen, dass mich jeder Blick in den Schritt eines Mannes geil macht. Ich gebe zu, ich lasse meine Muschi gern durchbürsten, auf alle Arten. Selbst bei meinem Job kann ich an nichts anderes denken.

Luca kam in meine Praxis, um eine Zahn richtig zu stellen. Die Kieferorthopädische-Behandlung war so gut wie abgeschlossen. Bei jedem Termin musste ich auf seine prall gefüllte Hose schauen. Bevor er mir nun verloren ging, weil die Behandlung dem Ende entgegen lief, wollte ich es unbedingt wissen. Ich bestellte Luca für 18 Uhr und gab der Helferin schon eher

Feierabend. Unter meinem Kittel trug ich eine Hebe, die meine prallen Titten richtig spitz machten. Bei jedem Schritt rieben die Nippel am Kittelstoff und waren sofort prall und hart. Aufs Höschen verzichtete ich. Es war ein recht dünner Kittel, auch recht kurz war er. Die Brüste, der Vorhof und die Nippel waren deutlich zu sehen. Außerdem hatte der Kittel Druckknöpfe.

Luca kam, fröhlich und nett wie immer. „Ist ja nur eine Kontrolle heute, ich komme gerade vom Tennis.", sagte er. Er trug eine weiße kurze Tennishose. Seine behaarten Beine lösten in mir schon ein Kribbeln aus. Sein Shirt war eng, ich konnte seine Brustwarzen deutlich sehen. Er setzte sich auf den Behandlungsstuhl. Ich setzte mich hinter ihn und fuhr den Stuhl herunter. Nun lag der geile Mann vor mir. Er schloss die Augen, ich starrte auf seine kurze Hose. Meine Titten berührten sein Gesicht… ruck zuck waren meine Nippel hart. Er merkte es schon. Ich stand auf und beugte mich über ihn. Jetzt sprach ich ihn an, er öffnete seine Augen und konnte mir tief in den Ausschnitt schauen. Bei jeder Bewegung von mir öffnete sich immer mehr der Kittel. Ich tat wie Tulpe. Plötzlich hing eine Brust heraus, er stierte darauf. Der feste Nippel berührte seinen Arm. Ich setzte mich auf, ließ die Brust aber herausschauen. Nun lies ich den kleinen Behandlungsspiegel fallen. Ich griff nach dem Spiegel zwischen seine Beine und berührte sein Glied. Die Hose füllte sich. Wir redeten einfach nur so, eher konzentrierten wir uns auf die „rein zufälligen" Berührungen. Breitbeinig saß ich vor Luca. Seine Blicke wanderten nervös von der Brust zur Muschi. Meine Hand lies ich auf seinem Bein liegen. Er bekam eine Gänsehaut. Langsam ging ich mit der Hand immer mehr in Richtung Glied. Seine Hand legte ich auf mein Bein. Die Druckknöpfe öffneten sich immer mehr. Durch das Hosenbein berührte ich seine Hoden. Ich nahm sie in die Hand und begann sie zu massieren. Luca schloss die Augen und streichelte meine Schamhaare. Nun öffnete ich seine Hose und entgegen schoss mir sein steifes Glied. Ich beugte mich darüber und nahm sein Glied in den Mund und spielte mit der Zunge damit. Er streichelte und massierte meine Schamlippen. Wir stöhnten. Jetzt riss ich mir den Kittel vom Leib und setzte mich auf ihn. Es war ein herrliches Gefühl als sein Schwanz in meine Muschi glitt. Sie war extrem feucht. Sie war klitsch nass. Er massierte meine Brüste und Nippel… ich massierte seine Nippel. Wir stöhnten immer mehr und immer lauter. Drei Mal hatte ich einen Höhepunkt.

An der Rezeption vergab ich einen weiteren Kontrolltermin. Er sagte nur: „Aber um die gleiche Uhrzeit, Frau Doktor."

Mein Name ist Marie und ich möchte über einige Erlebnisse schildern, die mir zugetragen wurden oder die ich selbst erlebt habe:

Meine Phantasien sind nicht nur geil, sondern auch teilweise etwas pervers, wenn ich es so bezeichnen darf. Jedenfalls werdet ihr schnell merken, wie ich ticke. Jeden Mittag in der Büropause überkommen mich dermaßen versaute Gedanken, dass ich mich nicht immer unter Kontrolle halten kann. Naja, jedenfalls traf Ich vor ein paar Tagen eine Arbeitskollegin, die ich nur flüchtig aus einer anderen Abteilung kenne. Sie ist mittelgroß, nicht besonders schlank und ihre Riesentitten füllen den kompletten Luftraum aus. Lena, kam direkt auf den Punkt und fragte ohne sich zu schämen: „Ich bin dauergeil und lebe alleine, hast du Lust mit mir hier in der Pause etwas Sex zu haben?" Darauf war ich gar nicht gefasst. Die Dicke Nudel sagte: „Ich kann nicht mehr bis zum Feierabend warten. Ich hoffe, du hast etwas Verständnis." Ich ließ es mir nicht zwei Mal sagen und zog die möppelige Lena hinter die Parkbank. „Komm' her du fettes Luder und mach die Beine auseinander!", sagte ich. Sie knetete ihre geilen Titten. Ich griff ihr zwischen ihre Beine und massierte ihre Muschi. Sie stöhnte und schrie vor Geilheit. Das hörte ein Arbeitskollege und eilte zur Bank, im Glauben es wäre etwas Schlimmes geschehen. Mit belegter Stimme rief ich ihm zu: „Mensch Klaus, stör jetzt nicht. Es ist so geil und wir haben gleich einen Höhepunkt." „Kann ich mich hinter dich stellen, ich hab einen riesigen Ständer und muss mich dringend abreagieren!", sagte Klaus. Er wartete nicht auf Antwort, sondern stellte sich einfach hinter mich, drückte mir seinen Lümmel in den Hintern und spritzte wie ein Pferd seinen Sperma überall hin… auf meinen Arsch, auf die Bank und er selbst bekam auch was mit. Die Arbeitspause war vorbei und alle gingen wieder ihren Weg, als wäre nichts geschehen.

Sven, immer geil und bereit:

Sven war ein stattlicher, junger Mann, der schon recht früh erkannte, dass er sich zu seinem eigenen Geschlecht hingezogen fühlte. In seiner Freizeit sah er sich gerne Pornofilme an. Dabei spielte es keine Rolle, wenn in diesen Filmen mal eine härtere Schiene gefahren wurde. Im Gegenteil. Das teilweise brutale Zustoßen der unterschiedlich gebauten Männer, machte Sven dermaßen an, dass er ohne sich zu berühren eine Erektion bekam. Schnell merkte er, dass er nicht nur von normalem Sex einen Ständer bekam, sondern erst Recht von SM. Sein Verlangen nach Liebe und Sex wurde immer größer. Einen großen Teil seiner Freizeit verbrachte er damit sich mit Sex zu beschäftigen. Sven war Mitte

Dreißig, intelligent und bekleidete einen tollen Job im Onlinehandel. Seine Frau verließ ihn vor zwei Jahren. Seitdem fanden keine körperlichen Kontakte mehr statt. Um sich zu befriedigen musste das Internet herhalten. Doch eines guten Tages, klingelte es an der Wohnungstür. „Mein Name ist Ingo Hagen.", so stellte sich der ebenfalls junge Mann vor. Weiter erklärte er, dass er die Wohnung nebenan gemietet hätte. Er sagte: „Ich bin alleinstehend und mach auch keinen Lärm." Sven bat ihn herein und auf dem Sofa Platz zu nehmen. Er dachte: „Mein Gott, sieht der gut aus und sein Schwanz ist extrem fett in seiner viel zu engen Leinenhose abgebildet." Auch Ingo Hagen hatte diese Gedanken und würde Sven gerne verführen. Sven holte eine kalte Flasche aus dem Kühlschrank und beide stießen auf eine gute Nachbarschaft an. Sie schauten sich tief in die Augen und Ingo merkte, wie seine Nippel hart wurden. Sven sah es durch das dünne Sommerhemd und reagierte sofort. Er stellte sein Glas zur Seite, nahm Ingo in den Arm und sie knutschten gierig. Sie zogen sich gegenseitig aus und landeten in dem großen Bett von Sven. Sein Verdacht bestätigte sich, dass Ingo eine Riesenlatte hatte und seine Eier waren prall gefüllt. Ingo erregte sich immer mehr und fing an Svens Hoden zu massieren. Sie genossen ihre Berührungen. Den Hauptpart übernahm Ingo und sie liebten sich heftig. Ingo massierte mit seinem Riesenteil die Eier und die Nippel von Sven. Dabei kam schon etwas Sperma heraus und verteilte sich auf der Brust des jungen

Mannes. Nun legte sich Ingo hinter seinem neuen Freund und stieß vorsichtig seinen Schwanz in den Hintern von Sven, denn er wollte ihm nicht wehtun. Dabei rieb Ingo seine Nippel. Dieses geile Gefühl hatte Sven noch nie so empfunden. Sein Penis wurde immer dicker und länger. Sie wechselten die Seiten und befanden sich in einem Rauschzustand. Beide Männer hatten gleichzeitig einen Höhepunkt und redeten noch lange darüber. Sie sahen sich täglich und hin und wieder brachten sie auch ein oder zwei Frauen mit. Sie waren frei im Kopf und genossen das Leben so, wie sie es wollten.

Ficken, ficken und immer ficken

Auf der Schule ganz in meiner Nähe, ging täglich die Post ab. Es waren nur noch Abiturienten, die dort unterrichtet wurden. Da ich stets neugierig bin, schlich ich mich dort in einen Klassenraum um zu sehen, was sich dort wirklich abspielte. Geile Lehrer und Lehrerinnen vögelten in der Pausenhalle wild durcheinander. Die Mädchen kamen schon halb nackt in die Klasse. Als der Lehrer kam, spreizten sie ihre Beine weit auseinander und rieben mit einem Stück Tafelkreide ihre Schamlippen, bis sie nass waren. Der Lehrer legte die Schülerinnen abwechselt auf sein Pult, setzte sich davor und leckte ihnen die Pflaume, bis sie anfingen laut zu stöhnen. Die Direktorin der Schule wurde aufmerksam und kam herein. Alle

Schüler betätigten sich sexuell miteinander und nahmen keine Notiz von ihr. Die Direktorin war schon über 50, hatte aber noch eine tolle Figur. Sie zog sich aus und zog ihren Kollegen zur Seite. Dieser hatte schon seinen Schwanz freigelegt. Die Rektorin leckte nun auch die Pflaume der Schülerin. Ehe sie sich versah, steckte ihr der Kollege den Penis in den Hintern und bewegte sich stöhnend hin und her, bis er einen Samenerguss hatte. So viel Sperma hatte ich noch nie gesehen. Keiner nahm von mir Notiz, denn ich hatte mich leise in das Klassenzimmer geschlichen. Der Lehrer spritzte sein Sperma auf den Hintern der Direktorin. Ich nahm mir jedenfalls vor, öfter heimlich zuzusehen.

Die geile Ehe von Susanne und Fred

Susanne und Fred waren seit mehr als zwanzig Jahre verheiratet. Keiner aus dem Bekanntenkreis konnte glauben, dass sie sich nie stritten. Fred konnte durch einen Unfall kaum laufen und musste oft liegen oder saß im Rollstuhl. Beide waren nicht mehr jung, aber auch noch nicht alt, sodass sie sich noch viele Träume erfüllen konnten. Der Sex prägte ihren Alltag, und Susanne wusste genau, wie sie ihren Mann anmachen konnte. Im Sexshop an der Ecke war sie Dauerkundin. Am Abend zog sie ihr Latexkleid und ihre Strapse an. Da es sie schon beim Anziehen geil machte, befriedigte sie sich mit ihrem neuen Dildo. Sie war recht feucht als sie zu Fred ging. Mit rotem BH und roten Strapsen stand sie nun vor ihm. Ihr

Höschen hatte in der Mitte einen Schlitz. Fred schaute sie an und zog schnell seine Bettdecke zur Seite. Susanne stieg auf ihn und saugte mit der Kraft ihrer Schamlippen den Schwanz ihres Mannes an. Beide bekamen schnell einen Höhepunkt. Das war es? Nein, nicht bei den beiden! Entweder reizte Fred Susanne mit einem durchsichtigen Höschen oder Susanne griff einfach den Penis von Fred und massierte ihn solange, bis er hart und groß war. Dann leckte sie den Schwanz und nahm genüsslich seine Hoden in den Mund. Fred massierte Susannes Titten und drehte an den Nippeln. Zeit spielt keine Rolle, den ganzen Tag und die ganze Nacht sind sie bereit!

So, liebe Freunde der Erotik. Das waren 10 ausgewählte Geschichten. Demnächst wird es Videos geben.

Viel Freude beim Sex, es ist etwas ganz natürliches, wünscht Eure Anna B.